# LETTRES INÉDITES

DE

# CHARLES NODIER.

(C'est toujours avec plaisir que le *Bulletin* accueille les lettres d'un écrivain dont il honore et aime la mémoire. Cette fois, ce ne sont pas seulement quelques lettres de lui que nous publions, mais toute une correspondance, dont il nous faut d'abord expliquer l'origine.

Dans les dernières années de l'autre siècle, Nodier, qui vivoit à Besançon, sa patrie, y avoit formé une petite société littéraire, sous le nom de *Société des philadelphes*. Cette société étoit peu nombreuse, et ne se recrutoit qu'avec beaucoup de précautions. Plusieurs fois même les amis eurent au sujet des admissions des discussions assez orageuses. A cela près, la plus véritable fraternité, la plus grande communauté de sentiments justifioient le nom qu'ils avoient pris. La plupart faisoient des vers, s'essayoient à des romans, à des pièces de théâtre, cherchoient enfin à s'ouvrir la carrière des lettres. Ce sont ces amis qui vont s'entretenir ici devant nous.

Par une singulière coïncidence, trois de nos philadelphes portent le même prénom, Charles Pertusier (1), Charles No-

(1) Tous les lecteurs du *Bulletin* connoissent depuis longtemps Nodier; mais il n'en est pas de même de M. de Pertusier. Né en 1779, à Besançon, d'une famille honorable, après avoir achevé ses cours à l'École polytechnique, il entra dans l'artillerie et fit quelques campagnes à l'armée du Rhin. Plus tard, il fut attaché au général Andravony, nommé à l'ambassade de Constantinople, et passa plusieurs années sur les rives du Bosphore et à Zara, dans la Dalmatie vénitienne. De retour en France, à l'époque de la Restauration, il fut admis dans l'artillerie de la garde royale, puis nommé colonel d'un des régiments du train. Il prit sa retraite en 1830 et revint à Besançon, où il mourut en 1836,

dier, Charles Weiss. Ces trois Charles sont comme les chefs et les fondateurs de la philadelphie bisontine. Autour d'eux se groupent d'autres amitiés, d'autres noms qui figurent aussi dans cette correspondance. En l'an V, qui est l'époque où elle s'ouvre, M. de Pertusier, ou plutôt comme on disoit alors le citoyen Charles Pertusier, avoit quitté Besançon pour Paris et pour l'École polytechnique où il alloit entrer et être un des élèves les plus distingués. C'est à lui que sont adressées ces lettres qui ont une physionomie toute fraternelle. Écrites par les deux Charles restés à Besançon, elles sont pour la plupart sur la même feuille, et chacune d'elles porte une double signature : quand c'est Nodier qui écrit, Weiss contre-signe et *vice versâ;* quelquefois s'ajoutent en troisième, voire en quatrième les contre-seings de Deis (1) et d'Arbey (2). Ces deux derniers amis et d'autres encore prennent aussi quelquefois la plume pour leur propre compte.

Nous avons ici Nodier dans le premier essor de sa jeunesse, dans toute la vivacité de ses goûts naissants. Nous le voyons occupé des passions de ses amis et de ses propres amours ; mais, amoureux ou non, toujours en quête de livres curieux, et de ces belles et bonnes éditions qu'il a déjà appris à connoître. Car les vrais jardins d'Armide, ce sont pour lui les bibliothèques, c'est à des livres qu'il rêve, et la nuit ses songes les plus doux prennent la forme, nous devrions dire le format d'un dictionnaire bibliographique. Cette gentille pas-

membre de l'académie de cette ville. M. l'avocat Curasson, son successeur, y prononça son éloge. M. de Pertusier est auteur de plusieurs ouvrages. On se contentera de citer : *Promenades pittoresques à Constantinople et sur les rives du Bosphore.* Paris, 1825, 3 vol. in-8, avec atlas.

(1) Deis l'aîné (Joseph), l'un des cinq premiers philadelphes, mort libraire à Besançon en 1828.

(2) Arbey : deux frères figurent dans cette correspondance : ils étoient fils d'un officier de gendarmerie. L'aîné, à qui est adressée la première lettre de Nodier, avoit accompagné Pertusier à Paris. Il fut admis à l'École polytechnique. A sa sortie, il entra dans l'artillerie, se maria en Bretagne, où il est mort. Arbey cadet, resté à Besançon, est mort colonel de la garde nationale de Baume, sa ville natale.

sion qui devoit faire le bonheur de sa vie a déjà sur lui tant d'empire qu'un jour elle l'induit à mal. Saint-Augustin, dans ses *Confessions*, s'accuse avec beaucoup de repentir d'avoir dérobé des fruits; nous ne savons si Nodier s'est jamais reproché aussi gravement son larcin de livres, mais au moment même il n'exprime pas le moindre remords. Il est vrai qu'il les dérobe à un oncle, ce qui est une circonstance atténuante; s'il se les approprie, c'est en avancement d'hoirie.

Oui, c'est bien Nodier jeune homme qui nous apparoît ici, Nodier à l'âge de 16 ans, en qui se révèle ce mélange de raillerie et de passion qui le caractérise. Dans ces lettres, tantôt il est Sterne, comme quand il nous parle de son fameux ouvrage en 27 volumes in-folio qu'il a, dit-il, commencé depuis hier (il ne l'a pas achevé, c'est grand dommage) et tantôt Werther. Voyez-le dans la scène avec la *Lolotte* de son ami et à propos du livre d'heures d'où s'échappe une prière manuscrite dont il s'empare. N'est-ce pas encore dans le ton et avec les expressions d'un Werther qu'il raconte la mort et les funérailles de Pierre Deis? Il se livre dans ce récit à une exaltation déclamatoire dont son enfance avait puisé le modèle dans le style des tribuns du jour.

Arrêtons-nous, laissons à nos lecteurs le soin de commenter les lettres que nous mettons sous leurs yeux, et ne prenons point pour nous-mêmes une place que la correspondance de nos philadelphes franc-comtois a de quoi remplir.

La première lettre de Nodier, quoique destinée à Ch. Pertusier, ne lui est envoyée que sous le couvert d'un ami, Arbey. C'est donc à cet Arbey que Nodier s'adresse d'abord.

I

Besançon, le 14 vendémiaire, an V de la républiq. franç.

Mon cher Arbey,

Quoique j'aie beaucoup moins de choses à te dire qu'à Pertusier, je prends le parti de t'adresser ma lettre, parce qu'elle renferme des choses d'un intérêt majeur et qui ne doivent pas être déployées aux yeux paternels. Cette épître lui appartiendra donc tout entière, aussi bien que le contenu qui en est la partie la plus précieuse. Je te promets de t'en faire passer une autre au premier jour qui t'appartiendra aussi sans concurrence. D'autant mieux que je me dispose à aller dans peu vers les heureuses contrées que ta divine L.... embellit; dans cette région où des fleurs toujours fraîches annoncent un printemps perpétuel, dans cette moderne Cythère.... c'est de Baume que je parle, mon cher Arbey. Mais l'amour change tout en beau.... à tes yeux, pauvre garçon, je gage que la plaine marécageuse des Vignottes paroît plus agréable et plus délicieuse que les bosquets d'Idalie.... L'Arcadie est partout où l'on a une bergère; Gnide partout où l'on aime. A d'autres choses, s'il vous plaît,... tu songes à moi, sans doute. Tu songes à ce dictionnaire bibliographique (1) qui fait mes plus douces espérances. Hélas! j'y pense sans cesse aussi;... le silence des nuits m'en retrace l'image désirée.... Je crois quelquefois le posséder,... je m'éveille,... je cherche,... je ne trouve plus autour de moi que le crépuscule de l'illusion.... Aie soin, si tu le trouves, 1° de ne pas porter son prix à plus de douze francs, vu la médiocrité de mes richesses; 2° de ne faire mention de ce prix que dans une lettre adressée à Weiss,

(1) Il s'agit du *Dictionnaire bibliographique*, connu sous le nom de Cailleau, son éditeur. L'exemplaire de Nodier, enrichi de notes et d'additions de sa main, est conservé à la bibliothèque publique de Besançon.

et affranchie; 3° de lui écrire en même temps, ou de m'écrire sous son couvert, si tu aimes mieux que je t'envoie en acquittement de ma dette, des livres que de l'argent, et quels livres, par exemple. Garde-toi aussi, cet avis t'est commun avec Pertusier, de rien insérer dans la lettre à mon adresse qui choque le moins du monde l'innocence et la chasteté des oreilles pudiques de mes parents qui ont la bonté de lire mes lettres pour moi, et de ne me les communiquer qu'après cette précaution préalable. Pertusier m'a écrit et ne me dit rien de toi. Serois-tu mort en chemin? si cela est toutefois, ne manque pas de m'en faire part aussitôt ma lettre reçue. Weiss et Deis te souhaitent une bonne santé, et moi, je prie le ciel, avec la ferveur et l'onction que tu me connois, de te conserver en ce monde au moins jusqu'à l'envoi du Dictionnaire bibliographique en 3 volumes in-8 dont il est fait mention plus haut. Je suis avec le respect dû à votre mérite, et l'attachement respectueux dont votre amitié bienfaisante a pénétré mon cœur reconnoissant, le plus humble de vos serviteurs, etc.... (C'est ainsi que je finis mon épître dédicatoire de ce fameux ouvrage en vingt-sept volumes in-folio auquel je travaille depuis avant-hier.) Cela sera d'un bon goût. As-tu vu Lacroix (1)? Bonsoir. CHARLES NODIER.

## II

### A Charles Pertusier.

Mon très-cher ami,... ma lettre sera divisée en deux points : je traiterai dans le premier ce qui concerne vos amours profanes, et dans le second ce qui intéresse vos amours chastes : c'est-à-dire que dans le premier j'examinerai votre cœur relativement à Mlle Anonyme, et dans le second relativement aux

(1) M. Lacroix avoit professé quelque temps les mathématiques à l'École d'artillerie de Besançon. Pertusier, en partant pour Paris, s'étoit muni de lettres de recommandation pour ce savant, un des professeurs examinateurs.

muses et aux sciences. Je vais donc écrire : primo : à Pertusier, l'amoureux transi ; et en second lieu : à Pertusier le bibliographe, le littérateur et le poëte pastoral.

PREMIER POINT.

A peine as-tu été loin de nous que j'ai dirigé mes pas vers le lieu où se promenoit sans doute ton imagination. Je crois n'avoir pas perdu un moment. Ma course, non plus, n'a pas été vaine. Si une entière victoire n'a pas couronné mes travaux des palmes du triomphe, je suis revenu du moins chargé des pillages glorieux d'une heureuse escarmouche. J'ai vu de loin l'amour et l'amitié s'intéresser à mes efforts, et je suis rentré dans le cirque plus satisfait que Pompée quand il vit les trois parties du monde enchaînées à son char. Jamais.... ne m'a paru plus belle que dans ce jour. Jamais je n'ai vu ses yeux briller d'un éclat plus vif, son front porter une empreinte plus intéressante. Mon cœur, qui jusque-là n'avoit été ému à son approche que par l'estime et la vénération, avide maintenant et pénétré du besoin d'aimer, sentit pour la première fois qu'il falloit être ton ami pour n'être pas ton rival. Ne crains pas de voir mon âme changée par l'impulsion de l'amour.... Je résistai et l'amitié eut cette fois tout l'honneur du triomphe. Il falloit cependant satisfaire tes désirs : j'y portai le plus vif empressement ; mais, malgré tous mes efforts, une heure avant mon départ, à huit heures du matin, je n'avois encore rien obtenu. J'entre dans la chambre d'.... on la coiffoit.... dans une encoignure ; à côté d'elle étoit le volume si désiré, si difficile à obtenir.... Je n'hésite plus.... je l'entr'ouvre : je lis d'une voix basse et étouffée, mais cependant de manière à être entendu ; puis.... que voilà, dis-je, des prières écrites avec une dévotion onctueuse ! quelle piété tendre ! quelle morale religieusement philosophique !... — Allez, allez, laissez ce volume, petit athée.... Ce langage n'est pas fait pour vous. — Mon cœur battoit,... je ne savois quelle tournure donner à ma phrase.... je parle au hasard.... — Oh !

mademoiselle, lui dis-je.... — Je vais maintenant te laisser ici comme l'Arioste fait ses lecteurs. Nous ne savons ni l'un ni l'autre faire une enveloppe, et nous sommes obligés de te renvoyer au supplément ci-joint.

(Les trois pages étant remplies et Nodier réservant la quatrième pour l'adresse, ce qui suit étoit écrit sur une feuille volante.)

Oh! mademoiselle, lui dis-je ; vous me jugez mal et je vous proteste que j'aurois le plus grand plaisir à lire ce recueil, que j'en réciterois chaque morceau avec la plus grande ferveur.... Alors je me tus ; une sueur froide m'inondoit ; je tremblois de tous mes membres, et, la bouche béante, j'attendois, dans le plus cruel embarras, sa réponse et mon arrêt. Elle parle : ce n'étoit pas à moi. C'étoit à Fanchette.... Mes sens se rassirent et je sortis aussi avancé qu'en entrant ; je partois cependant, je partois sans avoir rien obtenu. Décidé à tout hasarder, j'attends le moment où elle doit sortir de sa chambre, et je m'y insinue ; je saisis le volume ; j'allois le cacher quand le remords et la crainte d'être connu après mon imprudente provocation me retiennent et combattent dans mon esprit ces stimulations de l'amitié ; je le parcourois machinalement sans projet et sans décision quand un petit papier qui y avoit été placé au hasard et sans y être attaché tombe à mes pieds.... Je le ramasse, je l'ouvre, je le lis.... C'est son écriture, c'est son style..., c'est sa prière habituelle, sans doute.... Je remets l'in-octavo ; je m'empare dudit écrit,... je te l'envoie.... Je l'ai chargé d'un baiser à ton adresse, ce petit papier ; ne crois pas qu'il l'ait flétri. Au contraire, mon cher Pertusier, il en a fait le monument précieux des trois plus belles affections de l'homme en société : la piété, l'amour et l'amitié. J'ai encore beaucoup de choses à te dire sur ce sujet. Voici la plus intéressante. Sa bibliothèque est actuellement composée de livres récemment achetés que je n'ai jamais vus chez elle.... Gessner, Merthgen, Zacharie, Haller, Kleist, Gellert, Vieland, tous traduits par Huber.... Victoire, mon bon ami. Je ne peux rien dire au bibliographe Pertusier, sinon qu'on imprimoit à Besançon en 1482. Je m'étendrai là-dessus dans ma première lettre. Weiss et Deis t'embrassent. Ils n'ont plus de place pour rien t'écrire. Nous ne te quittons d'ailleurs que pour aller rejoindre ta maman à la vigne. Adieu, notre bon ami. Écris-nous vite à l'adresse de Weiss, et affranchis.

CHARLES NODIER.

## III

*Sans date.*

Mon cher ami,

Je t'écris de chez Luczot, et d'abord pour m'informer de toi si tu nous as complétement oubliés, si Arbey est définitivement mort, de ce que tu fais, de ce qu'il fait, de ce que vous faites, etc.; puis, en second lieu, pour te dire que tes amours ne sont plus en campagne, et que ton imagination erre maintenant fort mal à propos aux environs de Roche. Il y a huit jours que Vénus est revenue à Gnide, il y a huit jours que les bosquets d'Idalie ne retentissent plus du nom de son Adonis.... (la comparaison est honnête), et, mon cher ami, je ne l'ai pas encore vue, soit timidité, car je suis timide, soit faute de temps, car j'ai de l'ouvrage comme un diable. Mais il faut espérer qu'au numéro prochain vous en saurez des nouvelles, si toutefois la froidure de l'atmosphère n'influe pas sur votre cœur. Le sage Weiss ne sait pas que je t'écris, il achève ses *Mémoires de l'Académie*. Le léger Caseau l'ignore aussi, il met au net un grand opéra. Le fugitif Compagny (1) est en ville, il va faire imprimer son roman siamois. Monsieur Mermet s'intéresse vivement au sort de tes pastorales. Les délices de Paris t'ont-elles fait oublier les charmes de la campagne? Observe que nous avons discuté une bonne demi-

(1) Compagny, alors médecin d'un des nombreux hôpitaux militaires établis à Besançon pendant la guerre. Outre le roman siamois dont parle Nodier, il a laissé manuscrits des poésies et différents ouvrages qui ne verront probablement jamais le jour.

heure sur cette question, si *délices* est féminin ou masculin, discussion qui ma tellement troublé que j'en ai perdu la carte; mais le dictionnaire de Richelet a tout raccommodé. Bouquines-tu là-bas ? J'ai trouvé un livre de François Chifflet, chez Plantin, *Baltazar Moretus*, Anvers, 1630. Point de Dolet, point de Turnèbe, point de Collines, point de Patisson. Cherche de par Dieu, ne perds pas ton temps ; les instants sont précieux quand il s'agit de bouquins. Luczot a acheté le *Télémaque de Causse* (1). Je crois qu'il t'en parle. Les femmes sont-elles belles à Paris? tu ne t'en es peut-être pas encore aperçu. Le binôme de Newton, le style de Longus et le Tite Live de Vascosan sont bien plus intéressants que toutes ces fadaises. Je suis presque de ton avis. Poinçot nous a écrit de l'armée ; il me charge de décider (nouveau Pâris) la contestation de beauté qui existe depuis la création entre Augustine Amyet, Henriette Chasseur et Marianne Félant. Je lui réponds :

Trois minces beautés helvétiques
Par toi sont élevées au céleste parvis,
Et je suis, moi, le beau berger Pâris
Qui doit juger ces déesses lubriques.
Je t'obéis. Moment cent fois heureux,
De la source d'amour mon œil parcourt les rives,
Je contemple à mon aise et leurs formes lascives,
Et leurs appas luxurieux.
De l'albâtre, du lait, des fleurs à peine écloses,
Des contours bien polis, des traits bien séducteurs,
Des yeux bien amoureux, des minois enchanteurs,
Du corail, des lis et des roses.
Tels sont les doux trésors qui s'offrent à mes yeux.
Je me décide enfin, et, grâce à ton caprice
Qui d'un simple berger fit l'arbitre des dieux,
Augustine eut la pomme et j'ai la ch.....isse.

(1) Imprimé à Dijon et qui se vendoit à Paris chez Renouard. 1791, 2 vol. in-8.

En voici de Compagny à Mlle Boiteux, qu'Arbey connoît. Montre-les-lui :

Dès que je parle, avec hauteur
Pourquoi me traiter de menteur,
Quand vous n'avez ce droit, Julie,
Que lorsque je vous dis que vous êtes jolie ?

Envoie-nous aussi des fragments d'idylles, si cela te plaît, et dis-nous surtout si tu trouves des imprimeurs. As-tu vu Le Prieur (1) ? Ne néglige pas la gloire...; elle est moins douce que l'amour, mais elle mène plus loin. Tu as touché les cendres de Rousseau, c'est fort bien, mais négliges-tu l'honneur de voir Bernardin, de consoler La Harpe, d'admirer Fourcroy, d'entendre Chénier, de visiter Didot, d'étudier La Rive ? Ne perds pas les instants, encore une fois, et consacre à l'amour, à l'amitié, à la patrie, aux doux souvenirs de nos plaisirs passés, ceux que te laissent la science, la littérature et la curiosité. Adieu, mon bon ami ; souviens-toi de nous, écris-nous plus souvent. Embrasse Arbey ; salue ton père de la part du mien.

Je suis avec un attachement éternel,
ton fidèle ami : Emmanuël-Charles NODIER.

Es-tu reçu ? Je l'espère.

## IV

Besançon, ce 23 brumaire, l'an V.

Mon cher ami,

Je viens de recevoir ta lettre, et, comme si tous les événements eussent été préparés pour hâter une réponse, Deis et Nodier, c'est-à-dire toutes les personnes intéressées, se sont

(1) Le Prieur, libraire, qui publioit alors un grand nombre de romans dans le format in-18, étoit un des prédécesseurs de Maradan, Barba, etc.

trouvées chez nous. Nouvelle lecture fut prise de ton épître; nos deux amis parurent très-satisfaits de ce que tu nous marquois, et je fus chargé de te répondre. Peins-toi un grand homme sec, appuyant sa tête sur son coude et rêvant tout à son aise, et tu auras une idée juste de ma contenance et de ma posture lorsque je me mis en devoir de m'acquitter de mon honorable fonction; mais je tremble quand je pense que Deis et Nodier, mais surtout ce dernier, jetteront demain un coup d'œil observateur, pénétrant, critique et juste sur ce papier. Ils riront, je me fâcherai, et puis.... et puis.... Mais, que te dis-je? tu me connois. J'ai relu, suivant l'avis que tu m'en as donné dans ta dernière, tes deux lettres précédentes; la première (pardonne l'expression) ne dit absolument rien. Mais ne vas-tu déjà pas te fâcher?... Quand je dis rien, je dis rien de nouveau: tu nous y parles de ton arrivée, de ton amitié, et voilà tout. C'est bien assez, j'en conviens; mais pas la moindre petite chose à laquelle je doive répondre. La seconde est plus étendue; mais rien de nouveau: tu m'y railles, bon! ce n'est pas la première fois, et le bon Deis, tu le tournes en ridicule; mais je t'avertis que le gaillard ne se sent pas du tout disposé à la patience. Je parie que sa mine furibonde t'eût beaucoup diverti. Cependant je te conseille de le laisser tranquille. Les plaisanteries de bouche faites devant des amis sont agréables et bientôt oubliées ; mais celles que l'on se permet dans les lettres sont éternelles. Et que seroit-ce, et quelle seroit ta douleur, si jamais les postes que tes talents te mettent à portée de remplir un jour te rendoient célèbre, et qu'un méchant vînt à publier ta correspondance? Que voudrois-tu que l'on pensât de ton cœur? que voudrois-tu que l'on crût de ton amitié pour moi et Deis? Deis renferme mille bonnes qualités qui doivent lui faire pardonner un léger travers. Eh! qui n'en a pas? Je poétise, Deis danse, Nodier compile et tu fais des idylles. Ce mot vient de m'échapper; mais, puisque nous y sommes, je t'avertis que j'attends au plus tôt un exemplaire imprimé de ton ouvrage. Je suis charmé, ainsi que Nodier et Deis, de la bonne réception que l'on t'a faite; si j'étois en train de plaisanter, ce scroit ici l'occasion d'en débiter, et de bien assaisonnées; mais je te laisse le champ libre dans ta réponse. C'est à vous, Nodier et Pertusier, qui savez assaisonner la raison des grâces piquantes de l'esprit, à vous qui savez aiguiser une épigramme, dire un bon mot et tourner un madrigal, c'est à vous à plaisanter. Quant à moi, je dirai de bonnes choses, mais d'une manière plate, diffuse et ennuyeuse. Mon cher Pertusier, pardonne les amphigouris que je fais. Je te jure que je ne me connois plus; le froid naissant de l'hiver a glacé mon génie en boutons fraîchement éclos, et je te prie d'attendre au printemps pour juger si je suis un homme perdu pour la littérature, oui ou non. En attendant, voici un madrigal, dernier fruit d'une muse expirante :

MES VOEUX.

Quand pourrai-je de ma maîtresse
Fourrager les secrets appas,
Et quand pourrai-je entre ses bras
Lui prouver toute ma tendresse;
Témoin discret de nos combats,
O lune! éclaire sa foiblesse;
Fais que, mourante, elle renaisse
Pour jouir d'un nouveau trépas.

Nodier ne l'a pas trouvé mauvais; et si Arbey et toi le trouvez bon, tu l'enverras au rédacteur de l'*Almanach des Muses*, sans nom. Tu devrois bien aussi courir les bouquinistes, pour me trouver des *Almanachs des Muses* à bon prix; si l'on a publié des almanachs des spectacles de la forme du tien, mais de 87 et suivants, tu me ferois plaisir de m'en faire passer un. Ce petit volume fait tout mon bonheur. Nodier m'a assez bien dépeint dans sa précédente lettre pour que je sois dispensé de t'esquisser mon portrait. Tu n'as peut-être pas oublié que depuis ton départ je suis transformé en ours, et peut-être en quelque chose de pis; tu as sans doute plaint mon malheur, et tu seras porté à excuser la froideur avec laquelle je reçois toutes tes bontés. J'ai reçu la lunette d'approche, et nous avons fait partie, Nodier, Deis et Caseau, d'aller à Chaudanne; nous y braquerons ta lunette sur Paris et nous tâcherons de t'y découvrir. Ah! que je serai content si je t'y aperçois! Mais je serai plus content encore, si, pouvant lire sur ton front tous les secrets de ton cœur, je vois que tu n'as pas changé, que ton amante possède toujours ton cœur. Ami, travaille, travaille; que l'amour t'embrase, t'échauffe de ses feux. Puisses-tu triompher de tous les obstacles qui s'opposent à ta gloire; puisses-tu revenir dans ton pays couvert de lauriers; puisse, à ton arrivée, l'amour et la fortune d'accord te conduire à l'autel de l'hymen; puissent des nœuds indissolubles te lier à l'amante qui te chérit et que tu adores; puissions-nous te voir heureux, content! Mais que l'amour ne te fasse pas oublier l'amitié; pense souvent à tes bons amis, qui t'aiment et qui sacrifieroient tout à ton bonheur. Ma lettre seroit plus longue si j'avois eu le bonheur de voir E...; mais elle est toujours à la campagne, c'est le séjour des âmes sensibles. La solitude nourrit et entretient l'amour, les grandes villes le tuent. Je ne dis point cela pour toi : ton cœur n'est plus à toi, il erre tout entier dans nos promenades; il est partout, dans nos rochers affreux, sur nos coteaux riants. Ah! Pertusier, tu as un bon cœur; que l'homme qui en possède un pareil est heureux! tout se change pour lui en de douces jouissances. Ah! puisses-tu le conserver toujours! c'est le dernier vœu que forme pour toi ton tendre ami F. C. Weiss.

Charles Nodier.

*N. B.* Je laisse la plume à Nodier dont le style léger et agréable t'amusera. Ce sera un supplément, un correctif à la pesanteur et à la diffusion du mien. Bonjour à Arbey.

V

(Nodier continue :)

Mon bon ami,

Tu liras sans doute avec plaisir la lettre de notre ami Weiss, quoiqu'il n'en soit pas content du tout; mais les véritables grands hommes sont modestes. Il t'a fait surtout une observation fort juste relativement à tes sarcasmes contre Deis, Deis qui n'avoit qu'un seul défaut capable de ternir un peu l'éclat de mille bonnes qualités, la saltomanie,... défaut sérieux pour des philosophes aussi pesants, aussi lourds, aussi graves que nous; mais dont il est absolument corrigé. Je m'aperçois d'une répétition dans ma lettre, et je suis forcé à la raturer. La faute est à Weiss, qui me rompt les oreilles de ses recherches intéressantes sur les Académiciens et les Franc-Comtois. Cet homme causera toujours.... Moi, physicien, j'ai obtenu à la température de sa tête la congélation du mercure; moi, géomètre, je veux bientôt démontrer par sa langue toujours mouvante, par son flux intarissable de paroles, par l'étalage sans fin de son érudition biographique, le mouvement perpétuel. A propos de cela, je me livre tout de bon aux mathématiques, et tu seras peut-être fort étonné, à ton retour, de trouver en moi un Newton, un Descartes, un Galilée. Je te préviens, pour t'épargner l'émotion d'une trop violente surprise.... Deis travaille à l'histoire naturelle, et il pourra bien être un Pline quand je serai un Newton. Du reste, Deis en décidera comme il lui sera agréable.... Il faut avouer cependant que Besançon nourrit maintenant dans ses murs inconnus une belle pépinière de grands hommes; toutes les parties des sciences, toutes les branches de la littérature sont de notre ressort. Au même moment où tu discutes sous les yeux de Lagrange les points les plus intéressants des mathématiques, je prouve par les démonstrations les plus évidentes que les caractères ronds ont été introduits par Amerbach, et Weiss, que je ne sais quel auteur obscur a passé de la fange au théâtre et de son grenier au Parnasse, certain jour plutôt qu'un autre.... La fureur des épigrammes devient contagieuse entre nous. Je vais faire un grand pas vers ma correction en m'arrêtant au plus beau de mon récit. Passons aux nouvelles.

Nous avons à Besançon une troupe de comédiens assez passable, qui malheureusement a rapporté avec elle parmi nous la confusion et le désordre. On s'y battoit encore hier pour l'hymne des Marseillois. Il est probable que le tapage augmentera ce soir. La municipalité prend la précaution maladroite de faire cerner le spectacle par une garde imposante. Sais-tu bien ce qui m'a semblé le plus prudent dans ces conjectures? De n'y pas aller, et, tout réfléchi, je n'irai pas. Luczot (1) n'ira pas non plus, quoique la Marseilloise lui fasse un si grand plaisir qu'il ne donneroit pas pour une victoire bien glorieuse l'arrêté de la municipalité qui l'ordonne. Les loges sont presque toujours garnies; on a observé que les gens honnêtes, c'est-à-dire les patriotes prudents et modérés, les amis de l'ordre et les bons citoyens vont au parterre; les servantes, les laquais, les palefreniers et les soldats aux premières; les filles de mauvaise vie et les libertins aux secondes. Les honnêtes gens, c'est-à-dire les chouans, les jeunes gens, les polissons, les commis aux vivres, aux fourrages, aux équipements, les ci-devant amateurs, etc., se sont emparés des troisièmes et du paradis.

Adieu, mon cher et bon ami; écris-nous plus souvent, plus précisément, plus longuement; qu'Arbey joigne au moins

(1) M. Luczot de Lesthiboudois, fils d'un conseiller au parlement de Rennes, étoit alors ingénieur des ponts et chaussées à Besançon. Amateur d'histoire naturelle, ce fut lui qui en inspira le goût à Nodier; ils ont publié en société une *Dissertation sur l'organe de l'ouïe dans les insectes*. Broch. in-4, devenue très-rare. C'est le premier ouvrage imprimé de Nodier.

quelques mots à tes lettres, et, pour la cinquième fois, a-t-il vu Lacroix ?

Votre ami : Charles NODIER.
(WEISS.)

(La lettre qui suit est d'abord écrite par M. Weiss, et commence d'un style tout poétique : « Puisse ma lettre être pour ton cœur ce qu'est un zéphyr léger ou la rosée bienfaisante du matin à une fleur desséchée par les rayons brûlants du soleil ! » Suivent des réflexions sur l'amour qui a été le foible des grands hommes, notamment de César, foiblesse qui a diminué de leur gloire aux yeux stupides de la postérité. Cette injure que dit M. Weiss à la postérité, c'est pour excuser en son ami cette foiblesse qu'il trouve bien naturelle. Il lui donne ensuite de bons conseils relatifs à cet amour qui doit lui être un préservatif contre les appas flétris des courtisanes. Cette allusion aux courtisanes, aux dames du Palais-Royal revient plus d'une fois sous la plume de nos amis, et nous allons la retrouver dans la suite de la lettre qui est de Nodier :)

## VI

Besançon, 5 germinal an V.

Mon cher ami,

Le cher Weiss a employé si peu de papier pour te dire beaucoup de choses, que je ne sais pas comment (mises à part les choses que je ne sais pas et la chose que je ne dois pas savoir) je pourrai remplir l'espace qu'il m'a laissé. Il y a plus de quinze jours que je n'ai vu la personne dont tu veux que nous t'entretenions sans cesse. Elle est fort solitaire, et on ne la voit guère que dans quelques bals de société que je ne fréquente pas beaucoup. Quels que soient les dangers qu'une jeune fille puisse courir dans ces rassemblements nocturnes, et les liaisons qu'elle puisse y former, ne crois pas que tu aies rien à craindre de la personne la plus honnête et la plus vertueuse. Ne crains pas qu'un autre amour occupe son esprit tant que ta conduite irréprochable alimentera sa passion. Mais s'il étoit possible que tu trahisses les serments que je t'ai entendu répéter tant de fois, et que tu préférasses à la volupté pure et philosophique d'Épicure les plaisirs sales et les jouissances grossières des cyniques, n'espère pas qu'elle conserve pour toi le moindre sentiment de tendresse, et romps sans hésiter ces nœuds sacrés dès que tu les auras souillés par un acte de débauche.... Je t'ai parlé de ton amour; le mien ne peut plus être un sujet de conversation. La réflexion a presque entièrement détruit une passion inutile et infructueuse. Plus amoureux mais plus malheureux que jamais, j'ai senti que le bonheur n'étoit pas fait pour moi, et j'en ai repoussé l'espérance. Quand l'espérance est dénuée de tout fondement, ce n'est qu'une orgueilleuse lâcheté qui nous rend la souffrance plus cruelle, et qui ne peut supposer dans l'être qu'elle aveugle que de l'amour-propre et de la foiblesse. Quoique peu dégagé encore de mes vieilles chaînes, j'ai déjà assez de force pour les briser petit à petit, et pour braver les étincelles mal éteintes d'une ardeur funeste. Ne crois pas que je veuille te donner des conseils en t'ouvrant mon cœur. Je te laisse réfléchir. J'avoue d'abord avec toi que tes espérances sont plus fondées que ne l'étoient les miennes. Favorisé de la fortune et du ciel, tu as des talents assez réels pour te passer de richesses, et assez de richesses pour te passer de talents, ce qui est un peu plus rare que le premier cas.... Tu peux être heureux, et l'avenir ne te promet que des plaisirs. Espère : l'espérance est le dernier remède contre le malheur, quand on n'a pas le courage de le braver ou la foiblesse de le fuir. Espère donc, et puisse le ciel égaler ton bonheur à tes désirs. Je finis, car Weiss me brise la tête de critiques nombreuses dont il larde un pauvre poëme épique que le mauvais sort de l'auteur a fait tomber dans ses mains pour ses péchés et les miens.... Mon style n'a pas le sens commun, et je ne sais pas même s'il m'a laissé assez de tranquillité pour te parler bon françois. Je te charge de l'*errata*. Tâche de voir Dulédo (1). Adieu.

CHARLES NODIER. F.-C. WEISS.

Ne sois pas étonné de n'avoir point de nouvelles de Luczot. Il est dehors pour quelques jours.

## VII

Besançon, le 29 prairial an V.

Mon cher ami,

Nous profitons du départ d'Arbey pour te donner de nos nouvelles. Tu seras instruit sans doute, avant son arrivée, de sa nomination à une place de lieutenant d'artillerie et de son voyage à Rennes. Je suis persuadé que cette promotion de notre ami commun te fera autant de plaisir qu'à nous, et que son passage à Paris va te procurer des moments bien agréables. Ils le seront moins encore que ceux où tu vas revoir à la fois toutes les personnes qui te sont chères, toutes les choses auxquelles tu tiens par les liens de l'amitié, de l'amour, de la nature et de l'habitude. Tu crains de mourir ce jour-là, mais il faut espérer que les impressions que tu dois ressentir produiront un effet moins fâcheux que celui auquel tu t'attends. Qui sait même si un éloignement d'une année n'aura pas dissipé en toi ces illusions passagères que les passions élèvent.... Tu te rappelles que Candide, après avoir quitté, pour sa chère Cunégonde, tous les trésors d'Eldorado, fut fort étonné de la retrouver vieille, maigre, basanée, laide enfin.... Si un tableau pareil t'attendoit à ton retour, ne sens-tu pas que ta constance pourroit faire naufrage au port, et que ta flamme, nourrie par l'inspiration et le souvenir, pour-

(1) Dulédo, fils d'un commissaire des guerres, étoit voisin de Nodier; mais, envoyé sous-ordonnateur à l'armée d'Italie, les rapports entre les deux jeunes gens durèrent peu et ne se renouèrent plus.

roit s'évanouir auprès de la réalité? Eh! quoi! t'écrieras-tu, le printemps n'auroit donc plus de lis pour en nuancer son teint?... L'innocence et la candeur auroient déserté la terre, si elle ne brilloit plus dans ses yeux. Le zéphyr auroit été chassé de notre hémisphère par les aquilons fougueux, si, chargé de parfums aromatiques, il ne venoit plus chaque jour déposer mille odeurs embaumées sur ses lèvres enchanteresses!... Je t'avoue que depuis longtemps je n'ai pas vu cette aimable personne, et que j'ignore jusqu'à quel point le temps peut l'avoir changée. Je t'en fais juge à ton retour, et je compte sur ton inébranlable fidélité. C'étoit son cœur dont tu étois tendrement épris; et, fût-elle aussi vieille que Baucis, je garantis que tu deviendras son Philémon. Plaisanterie à part, tu vois comme on traite de l'amour quand on ne le connoît pas, et comme on raisonne sur des sujets qu'on ne sauroit concevoir. Heureux Pertusier, ton cœur n'est pas vide, et tu tiens à l'existence par un lien de plus. Nous avons reçu ta lettre et ton petit poëme. Il est plein d'idées gracieuses et de peintures naïves. Il faut tout dire : il est bien joli, mais il n'est pas tout à fait de ta force, et les influences corruptrices d'une grande ville ont un peu éloigné de la nature ton génie pastoral. Reviens voir nos champs. Laisse là ces murailles sanglantes, chargées des dépouilles de l'innocence et asservies à tant de tyrannies successives.

(Ici sont six lignes complétement raturées; larges ratures; la teinte de l'encre indique une date postérieure.)

Ils nous donnent tous les jours des scènes nouvelles. Hier soir, Briot a été assassiné à coups de stylet par quatre cents scélérats du parti vert (1). Ils ont donné leur *petite paôle panassée* que celui-ci les avoit attaqués à lui tout seul; et, comme la cause du plus fort est sans contredit la meilleure, on l'a

(1) Briot étoit, l'année suivante, au conseil des Cinq-Cents ; il en fut, suivant Lucien Bonaparte, le plus éloquent orateur. Dans le temps qu'il professoit les belles-lettres à l'École centrale, Nodier avoit suivi ses cours. (Voy. l'art. BRIOT, dans la *Biographie Michaud*.)

mis entre quatre murs jusqu'à nouvel ordre. S'il arrive, comme cela doit être pour l'entière destruction du genre humain, que le parti Jacobite ait son tour, nous verrons de pareilles scènes se renouveler en sens inverse, et *vice versâ* jusqu'à ce que tous ces monstres à bonnets rouges, et à *cadenettes* soient effacés du globe, ce que je désire de bon cœur pour la paix de quelques honnêtes gens qui l'habitent encore par-ci par-là.... Adieu, mon ami, je laisse quelques lignes à M. Luczot. Weiss t'a écrit il y a quelques jours, et il se contente aujourd'hui de te saluer bien cordialement. Deis en fait de même.

CHARLES NODIER.

(Suit une lettre de Luczot à Pertusier. Lettre d'ami, n'offrant aucune particularité à remarquer. Il lui rappelle la petite commission qu'il lui a donnée, de lui chercher l'*Entomologie* de Geoffroy, 2 vol. in-4, avec fig.)

## VIII

Besançon, le 19 messidor an V.

Mon cher ami,

Ta lettre nous a causé un si grand étonnement, que je ne sais lequel a perdu la tête d'Arbey, de toi ou de nous. Jamais nous ne nous serions attendus à une pareille incartade de ta part, et elle nous a d'autant plus affligés qu'elle nous a paru l'effet d'une véritable douleur.... Que tu nous devrois de gratitude de t'en avoir épargné une cent fois plus cuisante! Tu peux tout savoir maintenant, et je vais tout te dire. D'abord, Luczot, ce bon ami, à qui tu fais cent reproches de barbarie, et qui ne fut que trop complaisant, ne t'a jamais trompé. Tout ce qu'il t'a dit est vrai. Tout ce que tu as cru est vrai. Tes espérances sont aussi bien fondées qu'à ton départ. Tu peux être encore heureux. Tu n'es pas encore seul sur la terre; et, dusses-tu être trahi par l'amour, ton cœur sera-t-il vide et isolé tant que nous existerons? Le bruit du mariage de

Mlle .... étoit répandu ; il paroissoit certain. On nommoit déjà les prétendants. On assignoit déjà le jour, et nous étions dévorés d'inquiétude. Quel moyen d'arracher de ton âme une passion cimentée par dix-huit mois d'espoir et de souvenirs? Arbey partoit. Nous lui laissons la disposition des remèdes. Ils étoient bien douloureux les remèdes qu'il t'offrit sans notre participation. Mais ne lui reproche pas des démarches auxquelles il se croyoit obligé pour ton repos et ton bonheur. Ton repos et ton bonheur peuvent encore rester avec toi, malgré un amour semé de tant d'incidents malheureux. Elle ne se marie pas, je le sais d'elle-même. Elle m'a parlé avec douleur de ces bruits de mariage. Elle m'a paru décidée à ne pas se marier de longtemps. Reviens voir une amante fidèle, et des amis moins cruels que tu ne le crois. Rouvre ton âme au plaisir, et vis encore pour être heureux.

Quant à cette lettre, je l'ai reçue, je l'ai lue et je t'ai pardonné. Je ne t'ai pas traité d'étourdi parce que je connois ton cœur, et que je sais bien qu'on ne choisit pas les moyens quand il s'agit de venir à bout de quelque chose qu'on désire avec ardeur. Tu reviendras un peu plus tard, mais tu n'auras rien à te reprocher, ni moi non plus. Tu resteras moins de temps avec nous, mais pendant ce temps tu me verras sans honte et moi aussi. Adieu, mon ami, tu es plus fortuné que tu ne le mérites. Sois à l'avenir moins susceptible d'affliction et de colère. Aime-nous toujours.

Adieu! CHARLES NODIER.

(Suit une lettre de Luczot qui apaise aussi Pertusier. Il lui dit qu'ils ont été plus sensibles à sa position qu'à ses injures. — Lettre morale. — Bons conseils. — Réflexions.

Il termine en lui parlant du plaisir qu'il lui a fait, en lui annonçant l'envoi prochain de l'*Entomologie* de Geoffroy, et en le priant de joindre à cette *Entomologie* de Geoffroy celle de Linnée.

C'est encore M. Weiss qui va prendre la plume. Nous donnons sa lettre en entier.)

## IX

Besançon, le 14 pluviôse l'an V de la république.

Mon cher ami,

Que tu es ingénieux à me tourmenter; à peine avois-je fini le catalogue de mes livres, que tu m'en envoies des nouveaux auxquels je ne m'attendois nullement : voyez la malice! le tout pour me faire recommencer. J'avois d'abord eu l'idée de te gronder, mais je me calme en t'écrivant; d'ailleurs quand tu aurois suivi mon goût tu n'aurois pas mieux choisi : *Joseph* est le poëme le mieux fait, l'ouvrage le plus intéressant, le plus animé de notre littérature. Je crois, par exemple, qu'il y a de la malice de ta part à m'envoyer les *Pastorales de Merthghen* (1). Tu veux qu'avant peu je puisse dire en parlant de mes livres : j'ai en fait de poëtes pastoraux *Gessner et son rival*, puis *Merthghen et Verny*, mais *sans comparaison*. Pour *Félix et Pauline* (2) je ne veux pas te rendre, et tu ne pourras jamais sentir qu'imparfaitement tout le plaisir qu'il me fait. Cet ouvrage est plein de chaleur, d'âme, de vie, de tableaux pittoresques justement dessinés ; l'auteur est franc-comtois, et puis je ne puis aller sur la route de *Beurre* (3) sans me transporter bientôt au sommet du Jura ; mon imagination exaltée cherche une cabane ; en vois-je une, c'est celle de Pauline, c'est la

(1) *Pastorales de Merthghen*, traduites par le baron de Naussell, suivies des *Aulnayes de voux, idylles françoises*, par M. Le Roux de La Bapaumière, lieutenant général au bailliage de Montereau. Paris, Belin, 1783, 2 vol. in-16.

(2) Roman qui eut alors un grand succès. Les cinq premières éditions ont été publiées sous le titre de *Félix et Pauline, ou le tombeau au pied du mont Jura*. La première est de 1793, 2 vol. in-18. — La sixième édition parut en 1834, avec ce nouveau titre : *Félix et Félicie, ou les pasteurs du Jura*. In-18, fig. L'auteur, P. Blanchard, homme de lettres et libraire à Paris, étoit né à Dammartin, sur le Morin (Seine-et-Marne), le 20 décembre 1772. M. Quérard indique une nombreuse série de ses ouvrages.

(3) Village à une lieue de Besançon. La route qui y mène longe le Doubs et sert de promenade.

cabane du bonheur; je la peuple d'êtres imaginaires; je jouis; ce bonheur, il est vrai, est de peu de durée, il ne dure que quelques instants, mais ils sont bien précieux pour un homme qui sait que toutes les jouissances sont imparfaites, même celle de serrer entre ses bras une femme du Palais-Royal. Pardon, cher ami, si je m'écarte par une digression; elle me paroît nécessaire. Ma plume obéissante trace avec rapidité toutes mes pensées, et, dans la chaleur, j'ai laissé passer le nom trivial de *Beurre*, je t'en demande bien pardon. Quand tu parleras de ta promenade à tes amis de Paris, quand tu les entretiendras de tes amis de province, je t'en conjure, ne laisse pas échapper les noms vils de *Maure*, *Velotte*, *Bregille*, *Chalèse*, *Fontain*, non plus que les noms velches des *Weiss*, des *Deis*, etc. Que de plaisanteries ils feroient, tes bons amis; le sarcasme couleroit comme un torrent impétueux qui s'échappe en mugissant, et ton amour-propre chatouilleux s'offenseroit peut-être. Je reviens à mes livres et à tes dons. Que pourrois-je te donner en place? Si j'ai quelque chose qui te fasse plaisir tu n'as qu'à me le mander, et sur-le-champ je te l'enverrai. J'avois envie de te faire une belle lettre digne d'être insérée au *Mercure*, mais jamais je n'ai pu faire que ce vers :

Le sentiment, mon cher, ne se cadence pas.

Au défaut de cette lettre, je vais te faire un conte que tu me pardonneras, si tu prends autant de plaisir à le lire que moi à m'entretenir avec toi. « Un roi persan parcouroit ses États « pour recueillir les dons de ses peuples et ses bénédictions; « l'impôt étoit volontaire et il ne s'en payoit que mieux : le riche « donnoit beaucoup, et le pauvre suivant ses moyens. Un jour, « il passoit devant une chaumière habitée par de bonnes « gens; une femme en sort, elle porte en ses bras le gage « fortuné de ses chastes amours; elle voit le monarque, et, « sur-le-champ, courant à la fontaine voisine, elle y puise de « l'eau dans le creux de sa main et vient la lui offrir; le roi « saisit cette main comme tu saisirois celle d'une prêtresse de

« Vénus, et hume cette liqueur qui lui devient précieuse. » Si je pouvois t'envoyer de l'eau par *la petite poste de Paris* (bon mot de notre Arlegrier), je le ferois ; mais, au lieu de cela, je vais baiser ma lettre dix fois. Fais-en autant, et puis pense que, à ton retour, je me dédommagerai de ces baisers froids en te serrant dans mes bras. Ah ! bon Dieu ! je m'égare, que vont dire tes bons amis de mes sottises ? Comme ils riront si tu leur sacrifies cette lettre. Mais peu m'importe : je suis verbeux, je suis embrouillé, incorrect, plat et trivial, je le sais ; mais je leur disputerai toujours le droit de te connoître et de t'aimer mieux qu'eux. M. Luczot va prendre tous les moyens de satisfaire tes désirs à l'égard du portrait que tu demandes. Hier j'étois avec Deis et j'ai vu de jolis petits pieds, une belle jambe, où ? je ne te le dirai pas. C'est pour la prochaine. Ce sera peut-être un stimulant qui te forcera d'écrire plus souvent à celui qui sera toujours ton meilleur ami,

P.-C. Weiss.

Ch. Nodier.

*N. B.* Tandis que je faisois cette lettre, Nodier t'écrivoit de son côté, il a pris les choses d'une autre manière que moi. Je n'approuve pas ses apostrophes un peu dures, mais il te dit des vérités utiles dont, en ami, je te conseille de profiter.

## X

Besançon, le 22 germinal an VI.

Vous voulez donc sans cesse nous abreuver d'amertumes, et nous voilà encore réduits à nous justifier. Soit. Nous essayerons, puisqu'il le faut, de vous prouver que nous sommes moins coupables qu'il le paroît, et nous allons parcourir avec vous, sévèrement, rigoureusement, la série de nos derniers crimes. Le premier, c'est de n'avoir pas répondu avant le 5 germinal à une lettre qui ne nous est parvenue que le 7, près de quinze jours après celui qu'elle porte en date.

Si nous sommes coupables sur ce point, nous nous tenons condamnés en tous les autres. Les autres sont aussi graves et de pareille nature. Nous avons bien réparé cette faute, je crois, en nous empressant de porter l'adhésion la plus formelle à votre décision ; en déclarant que nous adoptions d'avance tous vos choix, que nous accordions une sanction anticipée à toutes vos volontés, et que cette fois vous n'aviez fait que prévenir nos vœux les plus chers, comme lors de la réception de Regnault (1). Passons au second chef d'accusation, au second grief que vous dirigez contre nous. C'est pour la troisième fois qu'il s'agit dans vos lettres de nous reprocher l'admission du jeune Arbey (2). Encore nous n'avons pas vu celle qui s'étendoit uniquement sur cet objet, et puisque la seule indication de cette lettre injuste nous a déchiré le cœur, qu'eût-ce été si nous l'avions lue? Mais vous regrettez que le hasard nous ait épargné ces souffrances. Vous voudriez qu'elle nous parvînt. A ce propos, vous nous répétez les leçons qu'elle contenoit, vous nous reprochez par une hyperbole trop outrée de choisir un ami tous les mois, quand il est vrai que nous n'en avons trouvé qu'un pendant l'espace de six, et celui-là il nous étoit cher depuis longtemps : nous l'avions vu dans des occasions intéressantes risquer pour nous des dangers inévitables et certains. D'ailleurs, il avoit un frère dans notre sein, et quelle loi barbare que celle d'une société où l'on ne voudroit un ami que sous la condition expresse qu'il consentiroit à n'être plus celui de son frère : j'entends parler de ces frères dont les mœurs, les habitudes, les caractères sympathisent. Je m'en rapporte à Deis ; voudroit-il se condamner à fermer éternellement son cœur au meilleur des frères et des amis?... Nous sommes fachés d'être obligés de vous répéter tout cela. Voici notre dernier forfait. Il s'agit encore d'un ami. Nous vous consultons, nous nous en rapportons à vous, et

(1) Regnault, savant chimiste, membre de l'Institut d'Égypte, mort consul à Saint-Jean-d'Acre, au mois de juillet 1827.

(2) Arbey, frère cadet de l'officier d'artillerie.

vous nous accablez des plus cuisants reproches.... Ce n'étoit pas cela qu'il falloit. Une réponse négative auroit suffi. Voilà notre arrêt, et, quoique je regarde Goy (1), enthousiasme à part, comme plus digne que moi du nom de Philadelphe et de votre amitié, je jure sur tout ce qu'il y a de plus saint, que je ne l'admettrai jamais sans votre approbation. Je crois qu'en voilà assez pour nous disculper à vos yeux, et j'espère que vous nous dispenserez dorénavant d'une pareille tâche, moi surtout qu'un seul mot de vous déchire, quand il tient un peu de l'aigreur et du mécontentement. Grand Dieu! que cette belle institution qui nous porte à nous aimer mutuellement ne nous force pas à nous haïr! Accomplissons les règles qu'elle prescrit, les devoirs qu'elle a pour base, et ne parlons plus ni de ces règles ni de ces devoirs. Nous allons nous contenter ici d'agir passivement, sans autre intérêt que celui d'être toujours aimés de vous, et sans autre but que de vous toujours aimer. Vous m'attendez à Paris, mon bon ami Pertusier; mon père m'a en effet promis de m'y conduire en thermidor prochain, et il auroit à coup sûr rempli cet engagement si je n'en avois pas contracté un autre. Impatient de trouver une occasion d'habiter autre part qu'ici, et de m'occuper un peu, j'ai obtenu la place de secrétaire du chef d'escadron de la gendarmerie, près des départements de l'Ain et du Jura, en résidence à Bourg-en-Bresse. C'est là que je vais habiter bientôt, d'ici à trois semaines. Je recevrai peut-être encore une de vos lettres à Besançon ; peut-être, car je suis accoutumé à me défier de mon étoile (resterai-je ici ?), et cette privation me seroit aussi cruelle que celle que tu éprouves et dont je m'afflige avec toi, quoique je lui doive l'espérance de te revoir plutôt. En tout cas vous aurez de mes nouvelles. Je vais m'occuper avant mon départ de faire un catalogue rai-

(1) Goy, jeune avocat, qui donnoit les plus grandes espérances, mais qui malheureusement fut enlevé par une fièvre maligne, à ses débuts au barreau. Il suivait alors les cours de l'École centrale, où les répétitions du célèbre Prudhon attiraient un grand nombre d'élèves.

sonné des livres de M. l'abbé Pellier (1), et comme j'ai assez de confiance en moi pour ne guère douter de la réussite en ce genre, comme d'ailleurs le but de ce bibliophile est de livrer à l'impression le tableau de ses richesses, cela pourra me servir de recommandation pour quelque petite place d'aide ou d'adjoint bibliothécaire. J'ai fini ma comédie que je t'enverrai par la première occasion. On vient de nommer ici à l'Assemblée législative Quirot qui y est déjà, Briot qui s'attendoit depuis longtemps à y être, et un nommé *Violand* (2) que personne ne connoît. Deis auroit *beau large* (3) pour son article Variétés, mais je le crois trop consterné de ta lettre pour s'égayer à ce sujet. Weiss n'a pas encore osé lire la tienne tout entière. Arbey a trop d'intérêt à ce qu'elle renferme pour qu'on la lui montre. Adieu, nous embrassons avec une amitié éternelle et sans bornes, Regnault, Berthollet (4), Deis et Pertusier.

CHARLES NODIER.

CHARLES WEISS aîné.

## XI

Besançon, le (5) ... tôse (V. S.) 1797.

Mon cher ami,

Je t'écris sur nouveaux frais en attendant que le cher Weiss ait rassemblé toutes les forces de son imagination pour la

(1) L'abbé Pellier, mort en 1816, chanoine honoraire de la métropole de Besançon, étoit un amateur distingué. Outre une galerie de tableaux, il possédoit une riche bibliothèque, qui a été vendue aux enchères par ses héritiers. Le catalogue qu'en a dressé Nodier, vol. in-4, écrit entièrement de sa main, est à la bibliothèque publique de Besançon.

(2) M. Violand, né en 1755 à Pontarlier, et juge, avant 1789, au bailliage de cette ville, fut, sous le Directoire, appelé à siéger au conseil des Anciens. C'étoit un jurisconsulte distingué. Il est mort en 1843, conseiller honoraire à la cour impériale dont il étoit le doyen, lorsqu'il demanda sa retraite.

(3) Avoir beau large, c'est ici apparemment une locution franc-comtoise qui exprime très-bien ce qu'elle veut dire.

(4) Berthollet, fils ou neveu du célèbre chimiste, étoit un des amis que Pertuslier avoit faits à l'École polytechnique.

(5) Le cachet a effacé le mot.

péroraison de son volume. Il faut que tu t'avoues avec moi coupable de négligence, quand, sur une douzaine de lettres que nous t'adressons coup sur coup, tu nous gratifies de quelques lignes écrites à la hâte. Ne trouves-tu donc point de plaisir à ces conversations délicieuses que tu regrettois de perdre en nous quittant? Crains-tu de déposer sur le cœur de tes amis le fardeau de tes peines ou la confidence de tes plaisirs? Si ton existence monotone excluoit les extrêmes en tout genre et te mettoit à l'abri des grandes douleurs et des jouissances voluptueuses, tu pourrois du moins nous entretenir de tes espérances, et tracer avec nous quelque beau plan dans les espaces imaginaires. Placé au centre de toutes les sciences humaines, armé du compas de Newton et de la marotte de Momus, enfant chéri des Muses et de la Folie, heureux habitant de Cithère et du Parnasse, la carrière de la vie ne produit pour toi que les lauriers du génie, les myrtes de l'amour et les roses de la jeunesse. Il n'en est pas ainsi de tes amis. Ensevelis dans les murailles obscures d'une ville ignorée, sans espoir et pleins de désirs, ils parcourent douloureusement un sentier raboteux, inégal et bordé de ronces, qui n'a pour but et pour limites que le néant et l'oubli. Toutes les voluptés que tu savoures leur sont étrangères; l'Amour même, ce dieu compatissant qui est propre à tous les êtres créés, rejette leur offrande et leurs vœux. La beauté n'émeut plus leur âme. Ils ne sont plus sensibles aux charmes d'une flamme réciproque.... L'espoir d'une heureuse union n'a plus rien qui flatte leurs cœurs desséchés. Enfin, malheureux dans le passé, malheureux maintenant, ils ne voient que le malheur dans l'avenir, et la paix ne commencera pour eux que quand leur existence finira Quand tous les maux ensemble sortirent de la boîte de Pandore, l'espérance y resta qui voit tout en beau dans l'avenir. Les *mythologistes* ont oublié l'amitié qui console des peines actuelles. Nous sommes privés de la première parce qu'elle nous a trompés trop souvent; la seconde nous reste; ne refuse pas à tes bons amis son baume sauveur. Cause avec eux plus souvent. Fais-les jouir de tes jouissances; ils t'épargnent l'obligation de partager leur tristesse. Sois heureux, si tu le puis. Je laisse ici la plume à *Charlot*, il égayera peut-être mon épître. Elle est un peu plus noire que je n'aurois voulu, mais je me suis enfoncé malgré moi dans mes idées mélancoliques et tu m'as vu tout entier. Adieu, songe à nous, écris-nous souvent, écris souvent à Luczot. C'est ton bon ami aussi. Écoutes ses conseils.... il a plus de droits que moi à t'en donner; mais je puis du moins t'exhorter à les suivre au nom de l'amitié la plus tendre et de l'intérêt le plus affectueux.

Charles Nodier.

P.-C. Weiss.

Deis aîné.

Mon cher Pertusier, combien j'ai senti la vérité de ce précepte de l'Horace françois :

Faites-vous des amis prompts à vous censurer.

Ma tête exaltée et suant à froid m'avoit fait écrire une lettre pleine de citations d'un bout à l'autre, d'un style de déclamateur. Ce n'étoit que tempête, qu'assassinats, qu'amour, que fureur, que rage. L'art poétique étoit mis en capilotade, Phèdre et La Fontaine à contribution, et les contes de Voltaire et l'esprit d'Helvétius m'avoient fourni des épigraphes. Enfin j'étois venu à bout de forger un chef-d'œuvre de ridicule, un monstre devant qui la chimère eût été bien conformée et que j'avois la sottise de trouver beau, tant notre amour-propre nous aveugle! Croirois-tu que j'eus de la peine à sacrifier cet ouvrage dégoûtant, qu'il me fallut plusieurs heures pour me déterminer et que je le vis consumer avec douleur. Depuis ce moment je n'ose plus me livrer à ma passion dominante et je ne forme des caractères qu'en tremblant. Je ne vois les objets qu'au travers d'un voile, enfin je ne suis plus le même. Pardonne-moi, je t'en prie, toutes les bêtises que j'ai su rassembler dans ce peu de lignes, et parlons de choses plus gaies. M. Luczot peint Nodier, et je crois qu'il fera passer aussi notre ami Deis à la postérité. Son pinceau voluptueux se joue de toutes les difficultés. Il a peint son épouse en bergère. Nos deux amis qui l'ont vue assurent que c'est un chef-d'œuvre pour la fraîcheur, le bon ton des couleurs, les sites agréables, qualités précieuses qu'ont ordinairement les productions de cet aimable artiste. Tu m'engages à étudier les mathématiques, je le voudrois bien, mais crois-tu que j'aie l'aptitude nécessaire, la force d'esprit; et quand je les aurois, ces qualités si rares, il me manqueroit encore du temps et des livres. Si tu levois toutes ces difficultés, je te jure que je me livrerois tout de bon aux hautes sciences, comme un moyen de ne pas te perdre de vue, toi qui me permets de te nommer mon ami et qui seras toujours maître P.-C. WEISS.

*N. B.* Si cette lettre est courte, je t'en demande humblement pardon. Je suis dans un dénûment absolu d'idées. Tu verras à la première réponse que je te ferai que tu seras dédommagé de la brièveté de celle-ci. Je suis si abstrait que je ne t'ai point parlé de ta santé, dont je te prie de m'informer, et d'Arbey que je n'ai pas encore vu. Je l'excuse, on m'a dit qu'il ne sortoit pas, qu'il avoit mal à un pied. Ne t'alarme pas, car c'est peu de chose. Deis t'embrasse. Bonjour.

Tes vieux amis : P.-C. WEISS,
CHARLES NODIER, DEIS aîné.

## XII

Besançon, le 25...

Mon cher Pertusier,

Nous avons reçu votre épître volumineuse et nous avons vu avec plaisir que les conversations savantes des *Duchatelet* modernes ne vous faisoient pas oublier les entretiens tendres et fraternels de vos amis. Quant aux qualités ridicules que l'École polytechnique veut dans ses élèves, elles n'ont fait que nous pénétrer davantage de la frivolité et de la bêtise de nos petits contemporains. Siècle malheureux où Newton ne seroit admis parmi les écoliers de Lagrange qu'après avoir employé dans un Vauxhall, à se pénétrer d'un rigodon, un temps précieux aux sciences! Siècle cent fois ignorant où le cordonnier Hamm et le chapelier Gérard pourroient venir balancer Descartes et Ticho-Brahé à l'aide d'une contredanse et d'un pas de basque! *O tempora....*

Travaille cependant, mon cher ami, et, dusses-tu succomber, tombe victorieux. Il n'y a pas de honte à ignorer la danse et l'escrime. C'est un vice qui peut paroître sérieux à des ignorants et à des femmes, mais que les gens sensés comptent pour peu de chose. Travaille donc si tu te destines au concours, et jusqu'au jour marqué dédaigne les bouquinistes et leurs trésors.... Mais après cela, ne perds pas un instant; cours de boutique en boutique, de quais en quais, de galetas en galetas. Fouille, furète. Cherche sans relâche, et surtout fais-moi part nominativement de toutes tes riches découvertes. Voici celles que j'ai faites depuis ton départ ; la manière dont je te les décrirai te servira de modèle, s'il te plaît, et nous jouirons, par une notice exacte de chaque livre, du même plaisir, à peu de chose près, que nous éprouverions à le voir et à le palper. J'ai d'abord trouvé chez mon oncle : *Il Petrarca; Vinegia, apresso d'il Gabriel Giolito di Ferrari*, 1560, un volume in-12, de belle conservation. 2° *Il pastor fido d'il segnor Guarini; in Amsterdam, d'el stamperio d'il signor Daniel Elzevier*, 1678, avec figures. Tu sens bien que ces deux volumes qui m'appartenoient de droit, ont été sur-le-champ confisqués à mon profit. J'ai découvert, en outre, chez un certain calviniste : *Le commentaire de Philippe Mélanchton sur le prophète Daniel avec un argument de Jean Calvin et de notes de Martin Luther; à Genève, de l'imprimerie de Jean Crespin*, livre rare, curieux et prohibé qui orne maintenant ma bibliothèque, comme les deux autres susdits.... Et voilà tout. Quant à vous, mon cher ami, vous avez vu, me dites-vous, des Thiboušts, des Étiennes.... Ce Thiboust, comme vous savez, n'est pas un homme d'un mérite bien supérieur et bien transcendant; mais Robert et Henri Étienne!!! Ne dédaignez pas ces hommes-là!... Quant à l'Horace de Plantin dont il s'agit, tu oublies de me dire s'il est de François Raphelengius comme nos petits poëtes, ou du *beau-père* (1). Écris-le-moi, je t'en prie. Non pas que l'Horace en question soit déjà l'objet de mes rêves, mais par un pur objet de curiosité qui n'a rien d'intéressé ni d'avide. Tu sais d'ailleurs que je n'ai de droit que sur une moitié des trésors dont tu vas faire moisson, et l'Horace, par conséquent, ne peut m'appartenir que quand un autre bouquin du même prix viendra le remplacer dans ta collection.... Fais attention surtout, je t'en prie, aux Turnèbes, aux Vascosans, aux Dolets.... La lettre où tu m'en annonceras quelques-uns me vaudra dix ans de vie.

Le froid Weiss me charge avec un flegme bien glacial d'embrasser Arbey et toi. Tous les frimas des grottes de Chamouny sont accumulés dans la tête de cet homme-là, et c'est à la température de son cerveau que nous espérons opérer la congélation du mercure. Arbey ne me parle pas de Lacroix; ce n'est qu'indirectement que nous avons appris la mort de madame Gigauld. Je ne conçois pas cet original-là. Paris lui tourne probablement la tête. Donne-lui sur les doigts de ma part, et invite-le à faire des lettres un peu plus copieuses. Votre correspondance me fait tant de plaisir que je donnerois beaucoup pour que vous eussiez le temps de m'écrire deux volumes. La santé de ta maman se rétablit à vue d'œil. Puisse bientôt ton retour venir la consolider!... Mon papa, maman et ma sœur t'embrassent ainsi que ton papa et Arbey. Tâche de voir Dulédo à Paris. L'homme qui est né dans les flancs glacés du Mont-Blanc ne peut que signer ma lettre.

CHARLES NODIER.

(1) Le beau-père, c'est-à-dire Plantin, le célèbre imprimeur. Fr. Raphelengius, dont le vrai nom est Ravlenghien, savant naturaliste, avoit épousé la fille de Plantin, et remplaça son beau-père dans la direction de l'imprimerie d'Anvers.

P.-C. Weiss. Quand j'aurai le temps, je t'écrirai une longue lettre. Bonjour.

## XIII

Besançon, le 11 ventôse an VI.

Mon cher ami,

Nous t'envoyons cette lettre par *Menestrier de* (le nom étoit illisible), notre ami et le tien qui part pour Paris; tu auras sans doute grand plaisir à le voir et à causer avec lui des nouvelles du jour. Il t'apprendra sans doute que *Souvray* (1), lassé de la conduite peu décente de sa petite épouse, l'a congédiée malhonnêtement il y a trois ou quatre jours, après onze heures du soir, sans qu'elle ait su où aller coucher, et il ajoutera peut-être à ce récit scandaleux qu'elle n'a pu trouver de refuge qu'au corps de garde de Saint-Vincent où elle a passé une nuit aussi agréable que possible sur un lit moins élastique et moins mou que la couche nuptiale. Il te parlera probablement sur un ton moins badin de la mort de cet infortuné Lolo (2) Mathieu que je ne saurois trop te proposer pour exemple des suites funestes d'une conduite déréglée. Je t'exhorte aussi à consoler son père et son frère d'un malheur auquel ils devoient être préparés.

Nous venons de recevoir une lettre de Luczot par laquelle il nous apprend qu'il se dispose à partir pour aller voir Deis (3), à Lorient. Est-il possible que ce dernier ne lui ait pas parlé de

(1) Souvray (Souligné dans l'original), étoit un des principaux acteurs de la troupe qui exploitoit alors le théâtre de Besançon.

(2) Lolo. Diminutif de Charles. De Charles on a fait Charlot; puis de Charlot Lolo, qu'on devroit écrire Lolot. Ainsi, de Charlotte on fait Lolotte, la Lolotte de Verther.

(3) Pierre Deis, dont il sera souvent question dans les lettres suivantes, arrivoit de Saint-Domingue, avec le titre d'adjudant général, grade qui n'avoit pas alors la même importance qu'aujourd'hui. Il étoit déjà souffrant de la cruelle maladie qui ne tarda pas de l'enlever à ses amis, dont il fut regretté sincèrement. Il étoit le frère puîné de Joseph, l'un des cinq premiers philadelphes.

son départ de cette ville, soit avant, soit depuis? Nous ne recevons aucune nouvelle de ce cher ami Deis, non plus que de Regnault; pourroient-ils nous oublier? écris-nous et qu'ils daignent nous écrire aussi, à nous qui les aimons par-dessus tout! Ne prends pas pour une leçon à contre-temps ou une mauvaise plaisanterie l'observation que je te fais à propos de notre malheureux ami qui est mort : cette règle de vie peut s'adresser à tous les jeunes gens, et ce n'est qu'après avoir étudié nous-mêmes cet exemple que nous nous sommes enhardis à te l'offrir. Nous ne doutons pas cependant que tu ne consacres maintenant au travail la plus grande partie de tes instants. L'importante amitié de Regnault nous en est un gage assuré. Travaille, mon bon ami, rends-toi digne d'exciter à ton prochain voyage toute la sollicitude de l'amour et de l'amitié.

Nous embrassons Pertusier, Deis, Regnauld.

Leurs amis

CHARLES NODIER,

DEIS, WEISS aîné,

D. ARBEY.

## XIV

Besançon, le 17 nivôse an VI.

(La première partie de la lettre qui suit, signée de Deis, est toute d'amitié et de bons conseils. Deis parle à Pertusier du chagrin que lui doit causer l'absence de Luczot qui a quitté Paris.... Nouvelles diverses. — Ton frère et ami DEIS.

Puis Nodier prend la plume :)

Mon cher ami,

D'après tout ce que Deis vient de te dire, tu ne dois plus guère attendre que des répétitions, mais elles seront chères à ton cœur, et elles ne te causeront pas d'ennui sans doute, puisqu'elles serviront à t'exprimer de nouveau les sentiments éternels d'amitié que nous conserverons à jamais pour toi. — Tu auras vu avec plaisir dans la lettre de notre ami commun que notre malheureux frère, Pierre Deis, a désormais quelque perspective de bonheur, et qu'après avoir été ballotté si longtemps par les bourrasques perpétuelles d'une vie orageuse, il a l'espérance prochaine de nous voir et de nous embrasser tous. Béni soit le jour qui nous a rendu un frère et qui nous a acquis un ami! Quoique je ne connoisse point Regnault, tu m'avois témoigné pour lui tant d'estime et d'amitié pendant son séjour à Besançon, que j'ai vu avec une satisfaction inexprimable qu'il étoit admis parmi nous. Quant à Berthet, nous étions tous assez portés à l'admettre, mais une raison grave nous a arrêtés. Aucun de nous n'est assez lié avec lui pour lui proposer familièrement des choses que l'on ne peut révéler que dans l'abandon de l'amitié; il est d'ailleurs maintenant un peu trop léger, à ce que nous pensons, pour le prendre sérieusement. Il faut donc attendre le retour d'un de vous pour cette admission, parce qu'en premier lieu, plus intimes avec lui, vous aurez plus de moyens d'en venir à une confidence, et parce que ensuite cet intervalle de temps lui donnera peut-être l'occasion de se rasseoir. Ce que nous vous disons est cependant entièrement subordonné à vos idées particulières, et nous attendons avec impatience votre décision. Nous croyons devoir y soumettre aussi un autre candidat, c'est Sébastien Billotte. Tu le connois assez, mon cher Pertusier, pour en juger sur-le-champ. Il est obligeant, franc, généreux, ami fidèle; peu léger, ingénieux à tout ce qu'il entreprend, mais quelquefois par trop indiscret, et je t'avoue que c'est là le seul point qui nous arrête. Donne-nous ton avis dans ta première lettre, et si vous y consentez, Regnault et toi, nous aurons, le 5 du mois prochain, un neuvième ami dans le monde. Tu dois avoir reçu ma dernière lettre; je ne t'inviterai donc pas de nouveau à faire une commission dont tu t'es déjà probablement acquitté. Il me suffit de te rappeler qu'il y a intérêt majeur pour moi, puisque mon voyage à Paris semble en dépendre. J'ai écrit au citoyen Dorvo; si tu as occasion de le voir, demande-lui si j'ai droit d'exiger la représentation de sa pièce, et, dans le cas de l'affirmative, s'il désire que je le fasse. — Tu as eu tort, franchement parlant, de lui lire nos poésies; c'est un juge un peu trop supérieur à ses clients, et tu as agi contre la loi qui veut que les citoyens soient justiciables de leurs pairs. — Adieu, mon tendre ami. Weiss ne t'écrit que deux lignes, parce qu'il a maintenant un vieux manuscrit à examiner qui lui laisse à peine le temps de manger et de dormir; mais ne doute pas plus de son amitié que de celle de ton tendre frère.

CHARLES NODIER.

*P. S.* Luczot est parti! Que tu as souffert!

Mon bon ami, je viens de lire *Je cherche mon père*, de M. Dorvo. La lecture de cette pièce a augmenté l'opinion avantageuse que j'avois de ses talents. La versification pure et facile, le plan bien fait, l'entente des scènes, le bon comique de cette pièce lui assurent des succès brillants partout où elle sera représentée. Toi qui as le bonheur de le voir, engage-le promptement à donner de jolies sœurs à son aînée. Mes petites pièces de poésie sont indignes de paroître devant un juge aussi éclairé, et je n'ai pas le temps de faire les changements et corrections convenables. Tu auras sans doute le plaisir de voir Pierrier avant moi; rends-lui les expressions communes de notre amitié, attache-lui le ruban de l'ordre, et envoie-le promptement auprès des bons amis qui soupirent depuis si longtemps après son retour. Si nous pouvions tous vous réunir?... tous nos vœux seroient remplis.

Ton frère P.-C. WEISS.

(Dorvo dont il est parlé dans les lettres qui précèdent fut, au commencement de ce siècle, très-connu par ses romans et ses pièces de théâtre. On voit quelle idée Nodier et Weiss se formoient de ses talents. La pièce de théâtre intitulée *Je cherche mon père* fit beaucoup de bruit. Jouée à Paris par Brunet, et dans les départements par Pothier, elle commença la réputation de ces deux acteurs.)

## XV

Besançon, le 11 messidor an VII.

Mon cher ami,

J'ai attendu longtemps une lettre que tu semblois m'annoncer par celle que tu écrivis à Deis, il y a environ deux mois. Je viens la solliciter de nouveau, et Goy, à qui tu dois une réponse depuis un espace de temps beaucoup plus long, se joint à moi pour te reprocher ta paresse. Tu avois dû t'apercevoir cependant que j'avois grand besoin de tes conseils, que ma tête, mon esprit et mon cœur étoient tous assez malades, et que j'errois sans guide dans un dédale d'incertitudes. Ta négligence est un crime dans ce cas, et peut-être que la voix d'un ami m'auroit épargné bien des sottises. Enfin, tu n'as pas voulu m'écrire; tu n'as voulu me suggérer aucune résolution, me conseiller aucun parti, et je suis resté plongé dès cette époque dans une telle anxiété que je n'ose te raconter l'état présent de mon âme, de crainte qu'il ne change d'ici à demain. Voilà du moins ce qui m'arrive sans cesse, et je ne crois pas avoir suivi un dessein quelconque pendant une semaine entière. Le nouvel amour est relégué parmi les péchés oubliés. L'ancien reprend de temps en temps le dessus, et je suis entre les deux objets de mon inconstante ardeur comme l'âne de Buridan, si ce n'est que je n'ai pas même le choix.

Nous avons reçu, quintidi, parmi nous Charles-Louis Daclin (1), jeune homme aussi estimable par ses talents que par

(1) Daclin, d'une des familles les plus honorables de Besançon, dont le père a rempli les fonctions de maire, mort à vingt-cinq ans, juge suppléant au tribunal de première instance, laissant de longs regrets à tous ceux qui l'avoient connu.

son caractère, et qui a obtenu l'an passé deux premiers prix à l'école. Tu vois que nous cherchons à nous agrandir et que tu trouveras ici à ton retour une pépinière phidalephique assez nombreuse. Nous sommes certains d'avance que tu ratifieras de nouveau tous nos choix, quand tu pourras connoître les frères que nous t'avons donnés, et que chacun d'eux deviendra ton ami par inclination comme chacun l'est déjà par le fait. Nous t'attendons avec impatience et nous comptons sur ton arrivée avant peu de décades. Songe qu'elle est l'objet de tous nos vœux et accélère-la le plus possible.

Salut à Berthollet. Tous nos amis vous embrassent.

Je suis ton fidèle CHARLES NODIER.

XVI

Besançon, le 22 brumaire an VII.

Mon cher Pertusier,

Le 18 brumaire, à quatre heures du matin, Pierre Deis est mort. Il est sorti d'une vie orageuse par un trépas moins cruel que son état ne sembloit l'annoncer. Il s'est éteint sans douleur, et la douleur a resté toute pour nous. Le 19, nous avons porté son corps avec une pompe simple mais attendrissante dans le cimetière de Brégille (1), où nous avons obtenu la permission de le déposer. Là, une messe funèbre a été célébrée en son honneur, et, s'il a survécu quelque chose de lui, notre ferveur a dû le toucher. Assiste avec nous en imagination à cet office de deuil. Peins-toi le cercueil qui renferme la poussière de ton ami couvert d'un drap noir et entouré de flambeaux. A ses côtés vois-nous, vois Weiss, Arbey, Goy, Juillerat (2), Bailly (3), Michel Deis fondants en larmes.... le

(1) Village près de Besançon où étoit l'ancien cimetière.

(2) M. Juillerat (aîné), est aujourd'hui l'un des chefs de l'église réformée, à Paris.

(3) Bailly, mort en 1832, pharmacien major de l'hôpital militaire de Besançon, avoit fait, comme pharmacien, toutes les campagnes de l'Empire. On lui doit

pauvre Joseph, privé de connoissance et absorbé dans le désespoir; joins à cela ces chants lugubres, cet encens qui s'exhale dans les airs, ce spectacle cruel que j'essayerois inutilement de te retracer, et pleure avec nous.... Pertusier, notre ami, est mort, il n'y a plus de lui que son souvenir! La veille encore j'étois assis à côté de lui; il me parloit d'une voix étouffée, interrompue; je m'éloignai en lui disant adieu, et je détournai ma figure pour ne lui pas laisser voir toute la douleur qu'elle devoit exprimer. « A revoir! me cria-t-il, au plaisir!... Voilà les dernières paroles de lui qui ont frappé mes oreilles.... Je l'ai revu, mais il ne me voyoit plus; je l'ai revu dans un cercueil, et je n'ai eu d'autre plaisir que ce plaisir affreux de porter sa bière dans la demeure des morts. Combien de fois j'ai invoqué son ombre!... Son ombre n'est pas venue. Une fois, cependant, presque endormi, plongé du moins dans un assoupissement total, mes idées se reportèrent sur lui.... Je criai : « Viens!... » Alors (attribue cette illusion à la fièvre qui me dévoroit) je sentis un corps froid se placer dans mon lit; un bras décharné s'étendoit autour de mon corps, et je m'écriai de nouveau, plein de terreur et d'épouvante : « Va-t'en!... » J'ouvris les yeux. Joseph, qui avoit couché dans un lit peu éloigné du mien, étoit debout devant moi; il me jetoit un regard fixe et triste à travers ses paupières rouges de veilles et de larmes. « J'ai rêvé, me dit-il, que mon frère n'étoit pas mort.... nous le déposions dans le cercueil, et il disoit : « Vous me faites mal!... » Pertusier, je te déchire.... Tu attendois des consolations et tu ne reçois que des coups de poignard.... Pardonne.... Il faut bien que mon cœur s'épanche, et c'est à toi, l'ami chéri, l'ami préféré peut-être de l'infortuné Pierre Deis, que je dois me confier.... Est-ce dans ces circonstances que tu nous oublies?... dis.... Quelque autre sentiment auroit-il éclipsé dans

un assez grand nombre d'opuscules imprimés dans les *Annales des Voyages* et dans les recueils des différentes académies dont il étoit membre.

ton cœur le sentiment sacré de l'amitié? Ne sens-tu pas le besoin de nous resserrer quand un de nous a tombé dans son rang? Écris-nous, tes lettres nous sont essentielles; elles seules peuvent nous faire croire encore au plaisir.

Parle-nous de nos amis, de Regnault, si tu en as des nouvelles.... Celle que nous lui réservons est bien horrible!... Je ne montre ma lettre à personne.... elle réveilleroit trop d'angoisses. Weiss sait que je t'écris.... Il me charge de t'embrasser et de te demander une lettre. Adieu.

Ton ami : CHARLES NODIER.

(Bibl. adj. p. l'Éc. centr. du dép. du Doubs.)

## XVII

Besançon, le 17 thermidor an VII.

Mon cher ami,

Nous venons de recevoir ta lettre et nous essayerions en vain de te peindre le chagrin qu'elle nous a causé. Nous sentons comme toi combien la perte que tu viens de faire t'est nuisible, et nous nous faisons une idée de la douleur où ce funeste événement t'a réduit. Je t'avoue que je craignois pour ta maman le coup qu'elle a éprouvé et que je ne la croyois pas en état de le soutenir. La foiblesse de sa santé, à l'instant de son départ, augmentoit nos inquiétudes, et tu as encore sujet, au milieu de tes infortunes, de rendre grâce au ciel qui n'a pas permis qu'elle succombât dans cette cruelle situation. Tu es bien à plaindre aussi, toi, qui es obligé de porter aux autres des consolations que tu n'admets pas toi-même, et d'arrêter les larmes de tes parents pendant que les tiennes s'écoulent à la dérobée. Résous-toi donc cependant à prendre un peu de force sur toi-même, et éloigne de ton esprit des idées sinistres et même fausses qui finiroient par t'accabler. Tu dis, par exemple, que tu as tout perdu.... tout.... As-tu oublié tes parents? crois-tu qu'ils t'abandonnent jamais? Et nous!... Crois-tu qu'il n'y a pas toujours dans notre sein un asile contre les revers, des consolations contre l'infortune? Crois-tu que nous puissions changer, mon ami? — C'est dans le malheur que ces liens-là se resserrent, et jamais ils ne sont plus forts que quand nos amis souffrent davantage. S'il étoit possible à notre amitié pour toi de prendre quelque augmentation, c'est quand tout semble concourir à affliger ton âme, c'est quand le sort épuise sur toi toutes ses rigueurs. Compte-nous donc pour quelque chose dans le monde et repousse ces illusions du désespoir qui augmentent l'horreur de ta position actuelle, en t'isolant de tout. Notre ami Goy, qui est bien digne de l'être, est un nouveau port pour toi; je lui laisse le soin de te peindre ses sentiments, ils parviendront peut-être aussi à te rassurer contre un avenir que tu redoutes trop, et tu finiras par te persuader que tu ne peux pas manquer d'appuis, d'amis, de parents, tant qu'un de nous existera. Adieu, mon bon ami; salue ta maman de notre part; exhorte-la à veiller sur sa santé, qui nous intéresse beaucoup, et à prendre quelques amusements, quelques distractions. Embrasse en mon nom Deis et Berthollet. Envoyez-moi l'*Anglomane* (1) et aimez-moi comme je vous aime.

CHARLES NODIER.

## XVIII

Besançon, le 20 nivôse an VII.

Je te demande grâce pour mon barbouillage. J'écris à la hâte. — *Not. b.*

J'apprends les mathématiques, et mon arithmétique est déjà finie.

Mon cher ami,

Tu dois être étonné de n'avoir pas reçu de mes nouvelles

(1) *L'Anglomane*, opuscule de Pierre Deis, qui vraisemblablement est perdu.

depuis si longtemps que je te dois une réponse. Mais si tu réfléchis au travail assidu que mon emploi nécessite, si tu ajoutes à ces premières occupations deux leçons par jour, si tu joins à tout cela un accident qui me forçoit à garder la chambre, une maladie qui me forçoit à garder le lit et un peu de paresse en somme, tu n'auras pas de peine à me pardonner. Venons-en à ce qui te concerne. J'ai reçu ton ouvrage, et j'essayerois de te peindre le plaisir qu'il m'a causé, si je n'étois pas sûr que tu t'en fais une idée que toutes les descriptions possibles ne feroient qu'affoiblir. Tes idylles (1) ont fait beaucoup de plaisir à tout le monde. Mon père et ma sœur en ont fait leurs délices. Le bibliothécaire de l'École centrale en a été charmé, et il s'est chargé du soin de te le témoigner en son nom. Quant à moi, je les ai lues et relues. J'y ai trouvé infiniment de belles choses, et très-peu de fautes. Ton style a presque partout une grâce peu commune. La fin de ton épître à Daphné (je parle de l'endroit où tu introduis l'Amour), ce morceau, dis-je, est digne de Théocrite. Il a ce caractère de noblesse et de simplicité qui est propre aux productions des premiers peintres de la nature. Tu as si bien atteint à la grâce et à l'énergie de Longus, à la naïveté de ses peintures, à la force de ses expressions, que j'ai cru le lire en lisant deux de tes plus belles idylles : *La reconnoissance parle en faveur de l'amour; La cause des amants est celle de l'amour. Les regrets de l'amitié* ont été admirés de tout le monde, ainsi que *L'origine des fleurs.* Je ne te parle pas de l'épître à Deis qui fait autant honneur à ton cœur que tout le reste en fait à ton esprit. Ce que je viens de te dire pourroit passer pour une longue suite de flatteries insipides que l'aveuglement de l'amitié seul pourroit excuser, si, après avoir pesé sur les beautés de ton ouvrage, je ne disois rien des fautes. Elles sont de deux

(1) Les idylles de Pertusier parurent sous ce titre : *Les Premiers accents d'une flûte champêtre.* Paris, in-18. Il en existe un petit nombre d'exemplaires sur papier vélin. Pertusier y ajouta une dédicace aux mânes de Pierre Deis, dont Nodier parle plus bas, mais qui ne se trouve pas dans tous les exemplaires.

espèces : fautes de langue et fautes de goût : or ce sont des fautes dont on se corrige à la fois par la lecture des bons écrivains. Je te citerai pour exemple de la première espèce le mot *touffeur* (1), dans *L'origine des fleurs* et quelques verbes qui ne sont pas à leur temps comme je *n'eus jamais essayé*, pour *je n'eusse jamais*, etc. Pour exemple de la seconde espèce, je citerai quelques phrases un peu précieuses, quelques hyperboles un peu outrées, quelques images fausses, comme ce sourire que tu prêtes aux fleurs, aux fruits et aux coteaux. Je t'avouerai que les termes un peu bas dont tu t'es servi pour donner de la simplicité à ton style, comme *mignon*, *petit dieu malin*, *malicieux*, etc., n'ont pas plu à tout le monde; mais je n'approuve point cette critique, et je n'y insiste point davantage. Par un quiproquo que je t'expliquerai plus au long, quand j'aurai plus de temps et plus de place, M. Demeusy (2) n'a point eu d'exemplaire. L'ami Morel m'annonce qu'il t'en a demandé, et j'espère que tu y en joindras un pour cet objet. J'ai prévenu M. Demeusy qu'il n'y avoit pas de ta faute dans ce retard. Quant aux personnes à qui tu désirois que j'en fisse parvenir, ton but a été rempli. Je crois que tu n'étois porté à cela que par un vieux souvenir qui laisse dans ton cœur des traces probablement bien légères. J'ai du moins lieu de soupçonner, d'après ce qu'on m'a dit que tu t'étois re.... (déchirure) pour Mlle Rosalie. Une personne aussi parfaite est bien digne de l'affection d'un honnête homme, et je crois que tu ne te feras pas tirer l'oreille plus longtemps pour nous confier ton secret. Il faut mettre nos amours de l'an 1794 au rang des vieux péchés. Suis mon avis, s'il te semble bon. — Nous voudrions que tu nous donnasses des nouvelles de Luczot. Il est au centre d'une nouvelle Vendée, et nous en sommes fort en peine, depuis quatre mois qu'il ne nous a pas écrit. Envoie-nous *l'Anglomane* de Deis ou au moins une copie. — Fais-moi aussi

(1) *Touffeur*, mot franc-comtois qui signifie chaleur lourde, pesante.

(2) Demeusy, professeur de mathématiques à l'École centrale, dont Pertusier avoit suivi les leçons.

le plaisir de passer de ma part chez Lacroix pour qu'il t'indique le lieu où tu trouverois à acheter la collection complète des journaux de la Société philomatique, et où tu pourrois t'abonner pour la suite. Ces démarches faites, tu me manderois à quelle somme cette acquisition peut se monter, et je t'enverrois sur-le-champ de l'argent. C'est un important service à me rendre. Nous t'embrassons tous.

CHARLES NODIER.

(Nous pourrions clore ici cette suite de lettres qui, du 5 vendémiaire de l'an V au 20 nivôse de l'an VII, comprend un intervalle de plus de deux années de la vie de Nodier dont elles nous donnent l'histoire; mais nous ne pouvons résister à la tentation d'ajouter ici une lettre de M. Weis, postérieure de dix ans à la dernière de Nodier ; lettre qui se lie trop bien à la collection qui nous a été communiquée et dont elle fait d'ailleurs partie.)

## XIX

Besançon, le 7 janvier 1809.

Mon cher ami,

Il s'est passé ici bien des choses depuis que je ne t'ai écrit. Deis a perdu son père et Nodier le sien. Nodier s'est marié; il a épousé une demoiselle de Dôle dont tu as pu lui entendre parler. C'est une jeune personne très-aimable et fort bien élevée. Elle est venue passer ici quelque temps avec son mari, qui a décidément fixé sa résidence à Dôle, et elle a enchanté tous ceux qui l'ont vue par la grâce de son esprit et par la bonté de son cœur. Elle réunit toutes les qualités d'un honnête homme à toutes les qualités d'une femme charmante. Elle rendra son mari heureux, j'en suis sûr, s'il veut se donner la peine de l'être. Depuis que tu ne l'as vu, il est bien changé. Il ne fréquente plus les cafés, et il ne voit à Dôle que les personnes qui y jouissent d'une considération méritée soit par leurs places, soit par leurs talents. Nodier a fait preuve qu'il en avoit beaucoup en se réconciliant avec notre préfet qui est devenu son protecteur le plus ardent; il vient de le proposer à notre académie où il sera reçu solennellement à la prochaine séance publique, et il a bien promis de ne s'en pas tenir là pour son protégé. Il a déjà écrit en sa faveur et il a obtenu qu'il lui seroit permis d'ouvrir un cours de littérature à Dôle, sans être assujetti à aucun examen, ni à aucune des formalités prescrites par les nouvelles lois sur l'instruction. Ce cours est très-fréquenté et doit rapporter à Nodier beaucoup d'estime et de profit. Sa *Théorie des langues* est achevée, et il s'occupe maintenant d'un *Commentaire sur les fables de La Fontaine* dont Renouard lui a fait offrir deux mille francs. Tu vois que notre ami se trouve placé sur le trottoir de la considération et de la fortune. — Pour moi, rien n'est encore changé. Je végète avec le produit de mon emploi, en attendant qu'il plaise à la Fortune ou à la Providence de m'en faire trouver un autre. J'ai bien fait des projets pour m'avancer un peu ; mais, comme ils n'aboutissent à rien, je suis dégoûté d'en faire de nouveaux. Cependant je touche à ma trentième année; si je veux faire un établissement, il est temps d'y songer. Pour en faire un convenable, il me faudroit une place solide ou un état, et je n'ai ni l'un ni l'autre. Si j'avois quelque argent, j'irois pour deux ou trois ans à Paris où je suivrois le cours de droit; quand une fois j'aurois reçu mes grades, peut-être pourrois-je espérer d'être nommé à quelque emploi dans l'administration en France ou dans les pays conquis. Autrefois, cela m'eût été indifferent, mais j'avoue que maintenant je préférerois d'être placé en France, et même à Besançon, car je suis amoureux. Je suis amoureux!... Ai-je bien pu écrire ce mot et pourras-tu bien le lire sans éprouver un sentiment de pitié pour moi? Eh bien! oui, mon bon ami, je suis amoureux d'une fille de dix-sept ans, très-aimable, qui aura un jour de l'aisance, ce qui ne gâte rien, et qui répond si bien à mes sentiments qu'elle m'a déjà dit qu'elle me suivroit au bout du monde si cela étoit nécessaire. Je ne veux pas la tromper en lui faisant des promesses que je ne pourrois pas réaliser. Je ne veux pas l'épouser tant que je n'aurai pas les moyens de la rendre heureuse, tant que je ne serai pas libre, indépendant. Voilà ma position, mon bon ami ; dis-moi, ne suis-je pas à plaindre? — J'en viens à ta lettre, et il est bientôt temps. Elle est charmante, on ne s'aperçoit pas que la stérilité des pays que tu habites ait influé en rien sur ton imagination : au contraire, je crois que tu ne l'as jamais eue plus vive, plus abondante; il ne te faudroit qu'un peu plus d'aplomb, un peu plus de régularité dans les idées pour faire des compositions charmantes; ton goût presque exclusif pour les idylles se fait sentir encore dans tes descriptions, mais tu perdras facilement le ton doucereux en continuant à étudier Tacite et Montesquieu. Applique-toi aussi à étudier les mœurs, les habitudes des peuples que le hasard te fait passer en revue. Je t'ai déjà dit mon avis sur le genre de travail qui te convient le plus; à mes réflexions tu réponds par des plaisanteries. Je profite de la permission que tu m'en donnes pour te dire que cela n'est pas bien. Évite-toi les regrets dont je suis dévoré, en employant ton temps mieux que je ne l'ai fait.

Deis et moi t'embrassons en ph. et de cœur.

Ch. Weiss.

(N'avions-nous pas raison de dire que cette lettre se lioit à celles de Nodier et les complétoit? Sans doute, il y a une lacune considérable entre le 20 nivôse an VII et le 7 janvier 1809; mais les notices et dictionnaires biographiques aident l'imagination à suivre dans cet intervalle le roman de la jeunesse de Nodier. De ce roman, la lettre de M. Weiss forme vraiment comme le dernier chapitre, qui finit comme tous les derniers chapitres des romans d'autrefois par le bonheur et le mariage.

Il ne nous reste plus qu'à dire comment ces lettres sont venues en nos mains. Nous les devons à l'obligeance de M. de

Pertusier dont le père étoit cet ami à qui Nodier les a adressées. M. de Pertusier a mis la meilleure grâce à nous les communiquer et nous en laisser prendre copie. Nous lui en exprimons ici, en notre nom et au nom du *Bulletin du Bibliophile*, toute notre reconnoissance.

Marquis DE GAILLON.

---

D'UN

# MANUSCRIT INCONNU

DU

# ROMAN DE LA ROSE.

Parmi les manuscrits qui nous ont conservé les trésors de l'ancienne littérature françoise, aujourd'hui explorés avec autant de zèle que de critique, il en est peu qui soient moins rares, nous dirons même plus communs, tant en France qu'à l'étranger, que ceux du célèbre *Roman de la Rose*. Rien ne prouve la popularité, la vogue dont a joui pendant près de trois siècles ce roman ou ce poëme allégorique et satirique, malgré la violence des attaques dont il fut l'objet, peut-être même à cause de la violence de ces attaques, comme la multiplicité de ces copies. Nous pourrions ajouter que rien ne prouve mieux aussi la corruption des mœurs, du moins de certaines classes de la société, dans ces siècles prétendus religieux. Quoi qu'il en soit, il existe de ces copies de toute espèce, sur papier, sur vélin, avec ou sans miniatures, le plus souvent in-folio, il est vrai, ainsi que sembloit l'exiger la longueur démesurée de l'ouvrage, qui renferme plus de vingt-deux mille vers de huit syllabes, et auquel travaillèrent successivement, comme chacun sait, Guillaume de Lorris et Jean de Meung, contemporains de saint Louis et de Philippe le Bel.

Plusieurs de ces manuscrits sur vélin, dont les pages sont élégamment ornées et encadrées d'arabesques, sont remplis en outre de *tourneures*, ou initiales peintes en or et en couleur, et enrichis de miniatures, quelquefois très-remarquables au point de vue de l'art, mais très-peu édifiantes au point de vue de la décence, miniatures parfois pieusement effacées, parfois indignement arrachées ou coupées. D'autres manuscrits

www.ingramcontent.com/pod-product-compliance
Ingram Content Group UK Ltd.
Pitfield, Milton Keynes, MK11 3LW, UK
UKHW020957220726
13924UKWH00002B/753